이미 지나간 언젠가 할,
그 사이의 이야기

우리는
꼭 한번
사랑을 합니다

초판 1쇄 인쇄 2018년 3월 16일
초판 1쇄 발행 2018년 3월 23일

지은이 태재

기획편집 김소영
기획마케팅 최현준
편집 성실
디자인 Aleph Design

펴낸곳 빌리버튼
출판등록 제 2016-000166호
주소 서울 마포구 양화로11길 46(메트로서교센터) 5층 506호
전화 02-338-9271 | **팩스** 02-338-9272
메일 billy-button@naver.com

ISBN 979-11-88545-12-4 03810
ⓒ 태재, 2018, Printed in Korea

이 도서의 국립중앙도서관 출판예정도서목록(CIP)은 서지정보유통지원시스템 홈페이지(http://seoji.nl.go.kr)와
국가자료공동목록시스템(http://www.nl.go.kr/kolisnet)에서 이용하실 수 있습니다.(CIP제어번호:CIP2018007652)

이미 지나간 언젠가 할, 그 사이의 이야기

우리는 꼭 한번 사랑을 합니다

태세
지음

빌리 button 빌리버튼

산다는 일 나 하나로 버거웠던지
자주 사랑했고 또 미워했고 그것들은
작은 바닥에 몇 글자와 몇 칸의 띄어쓰기
이렇게 아담한 흔적들로 남았다

내가 이만큼이나 사랑했었고
또 이만큼 사랑이 끝났다는 것이
믿기지 않지만

덕분에 나는 살 수 있었고
그래서 의심하지 않는다

삶은 앞으로도 많은 날 버거울 것이며
나는 앞으로도 많은 날 사랑할 것이다

당신도 나를

멈출 수 없기를

판
단

당신이 나의 말에
미소 한 번 지었다는 것으로
당신이 나를 좋아한다고
판단할 수는 없지만

당신 미소 한 번에
나까지 미소 짓는 걸 보니
내가 당신을 좋아하는 건
판단할 수 있군요

서점에
갑니다

당신을 만나기 며칠 전
나는 서점에 갑니다

당신에게 어울릴만하거나
당신이 읽어주었으면 하는 책을
내 멋대로 고르러 갑니다

이렇게나 바쁜 세상에서
혹시 우리가 차 한 잔의 여유도 없이
밥만 먹고 헤어지게 될 수도 있으니

밥만 먹고 헤어지게 되더라도
당신에게 여유를 선물할 심산으로
나는 서점에 갑니다

그곳에서 기도합니다

부디 책만은 당신에게
읽어야지라든가
읽어야 되는데가 되지 않기를

부디 밥만은 당신에게
먹어야지라든가
먹어야 되는데가 되지 않기를

부디 나만은 당신에게
만나야지라든가
만나야 되는데가 되지 않기를

그래서 나는 오늘도
서점에 갑니다

당신을 만날 준비를 위해
당신에게 욕심부리기 위해

꽃
봄

나의 봄은
너의
얼굴에 핀 웃음꽃으로
완연해지네

그나저나
너는
어떻게 단 한 송이로도
꽃다발이네

식
목

너의 마음 숲에
내 나무를 심었더니

나의 마음 속에
나무랄 것 없더구나

노 란
우 산

갑자기 내린 비에 나무 밑으로 왔다

머리 위 은행잎이 우산처럼 생겼다

너는 어디서 비를 피하고 있을까

까치발 들어 네 생각을 챙겼다

조
율

마음 맞는 사람을 만났다고 생각하지만

대부분의 시간을 마음 맞추는 데 보낸다

혈

안

우리는 한때 돈보다는
사랑을 버는 일에 혈안이 되었다가

덧
니

그대 크게 웃을 때
살짝이는 덧니처럼

가지런함은 없더라도
그 나름의 탁월함으로

나도 그대 위에
덧나버리고 싶다

뽑기엔 이미
늦어버리고 싶다

기
만

처음 만났던 날부터
우린 서로를 기만해

넌 사랑스럽기만 하고
난 널 사랑하기만 하고

적
어
도

그래도 난 말야

적어도 네 얘기는

제일 아끼는 펜으로 적어

별 자 리
운 세

너는 내게 꼭
별자리 운세

어느 달에 보았듯
어느 자리에
어느 별에서 왔든 간에

다 믿게 되던
별자리 운세

애정운이나 재물운 대신
그리운과 가까운
멀어지면 서러운

너는 내게 꼭
별자리 운세

편 견

어쩌면 당신의 편견을 사랑하는지도

올
라

너 없는 밤을 몰라
네게 줄 별을 골라

혹시 내 맘에 놀라
별을 못 알아 볼라

오늘 밤 너를 졸라
같이 저 별에 올라

마셔 톡 쏘는 콜라
시 도 레 미파 솔라

겨울
집

오늘 밤 겨울 집

호수를 얼려 장판을 깔고
별들을 불러 지붕을 짓자

호수 있으니 물 걱정 없고
별이 있으니 별 걱정 없자

안고 꼭 자자 잠

잠

시

기쁨도 잠시

아니, 기쁨은 늘 잠시다

음

좋아하는 사람이 생겼다
싫어하는 사람도 생겼다

좋아하는 사람에게
싫어하는 사람 이야기를 한다

어
음

좋아하는 너에게
너 때문에 싫어진
내 이야기를 한다

사

유

시간도 시간이지만, 돈도 돈이라서

나도 나지만, 너도 너라서

포
옹

아직은 내가
내가 잘 모르는
당신의 삶이건만

그래도 꼭 한 번 당신을
당신을 끌어안고 싶었던 건

우리가
당신과 내가
닮은 부분이 있기에

나처럼 당신도
당신도 아직은
당신의 삶을 잘 모르니까

그렇게 나는 당신을
바라건대 당신은 나를

그 늘

살 따가운
시선들 피해
그늘로 들어가

너의 고민
너의 흉터
그늘에 두러 가

드넓은
내 품으로 들어와
너에게 그늘을 줄게

그 늘을 줄게

당신도 나를
멈출 수
없기를

립

밤

그대 입술 위에서
사라져가리

내가 미처 다
사라지기도 전에

그대 나를 또
잃어버린다 해도

그대 위해 기꺼이
사라져가리

부
탁

시를 쓰지 않아도 좋으니
너를 사랑하게 해주오

시를 쓰지 않아도
나를 사랑해주오

당신도 나를
멈출 수
없기를

끌
림

멈출 수 없을 정도의
끌림을 주는 사람은

내가 가진 편견 중 하나를
굳게 하는 사람이 아니라

내가 가진 편견 중 하나라도
깨뜨려주는 사람이더라

당신도 나를
멈출 수 없기를

그대
에게

오늘 밤에 우리 만남 전에
계속 나를 상상하길 원해
달이 뜨고 열린 나의 눈에
그대 사연 담을 시간 오네
오늘부터 슬픔 따윈 잊게
그대 눈물 찍은 펜을 꺼내
밤새 지은 시 한 편을 전해
혹시 그대 외로우면 이제
그댈 위한 내 영혼에 기대
내 영혼에 그대 숨을 포개
그대 숨에 내 체온을 전해
내 체온에 그대 몸짓 더해
그 몸짓에 내 운명이 변해

매일 나의 꿈에 와줘 그대

하루 종일 품에 안겨 그대

나
무

나무는
모습이 없다

그저 두면
앞모습이고

나란히 서면
옆모습이며

뒤돌아보면
뒷모습이다

나는 그대의
나무로 자란다

둥

둥

웃다가 웃다가
고개를 들어보니
구름 한 점 없었네

구름 다 어디 갔나 보니
우리 둘이 떠 있었네
구름 위에 둥둥

skin-ship

눈을 마주친 후에 태어난

짧은 정적은 사공이 되어

너와 나의 살갗으로 만든

뜨거운 배의 닻을 올리고

호흡에 맞춰 파도를 타면

닫혀 있던 바다가 열리네

내가 그토록 바라던 바다

내가 그토록 바라던 항해

박제

하늘의 별따기를 성공한 소년은

우주에서 어른이 되어버렸다

별
자
리

별거 없지만
별이란 것은

다른 별과 함께
어떤 자리를 이룰 때
더 빛나지 않던가

하나둘 눈 깜빡일수록
별이 많아지면
그만큼

보고 싶은 내 마음이
자리한 줄 알아라

나
들
이

어련하시겠소

한 발짝 한 발짝이
나풀대는 이 계절에
누구든 좋아하지 않고
어찌 배기시겠소

좋은 말로 할 때
못 이기는 척 사뿐히
이리 오시오

분

홍

벚나무 한 그루 없는
내가 사는 곳까지
벚꽃들이 내려앉고

내 생각 한번이 없는
그대 마음속으로
내 마음이 내려앉고

벚나무들 모여 있는
그대 사는 곳으로
내 무릎이 내려앉고

당신도 나를
멈출 수
없기를

그대 온 흔적이 없는

내 마음 구석까지

분홍빛이 내려앉고

봄
길

그대 만나러 갈 땐
꽃길 따라 봄 봄 봄
바람 타고 갔어요
그대 만나고 올 땐
별길 따라 밤 밤 밤
구름 타고 왔어요

당신도 나를
멈출 수
없기를

지 구
온 난 화

지구를 생각한다면
사랑을 하지 말자
연인들의 뜨거움이
지구를 더 뜨겁게 한다

그래도 너와 나는
예외로 하자

지속 가능하니까

파
도

낮의 파도는
눈으로 들어오고

밤의 파도는
귀로 들어온다

파도
처럼

낮에는 너의
눈으로 들어갔다가

밤에는 너의
귀로 들어가련다

철썩

철썩

하모
니카

너에게 입맞춤으로
호흡을 가르쳐줄게
너의 숨소리로
나를 연주해
내 온몸은 너로 가득 차
몸의 울림으로
마음의 소리를 내네

철
야

신기하지 않은가

우리 밤마다 꿈을 꾸는데
꿈이 아직 남아 있단 것과

우리 밤마다 입 맞추는데
입술이 아직 남아 있단 게

나 잠들어 꿈을 꿀 바에
밤새워 너의 입술을 꾸리

문
의

여보세요?
들려요?

바깥을 봐요

조금 전에 첫
낙엽이 내렸어요

당신과 한 계절
일찍 좋아하고 싶었어요

다음 계절은
당신한테 주겠어요

향
기

같이 걷는 길 아주 짧아도

너의 향기를 맡을 수 있지

너의 하루를 맡진 못해도

너의 향기는 맡을 수 있지

다
행

오늘은 당신이
울어서 다행이다

웃음에는 양이 없지만
눈물에는 양이 있어서

오늘 울지 않았으면
쭉 머금고 있었을 텐데

잘 울었다
잘 비웠다

오늘은 당신이
울 줄 알아 다행이다

눈물 날 때 울 줄 아는
자연스러운 당신은

곧 기쁨의 눈물도
하염없이 흘릴 테니까

잘 울었다
잘 예쁘다

늘

나무와 구름
그늘 만들고

사람과 사랑
오늘 만들지

나나 나나나
지금처럼 늘

되리 너의 숲
또 너의 하늘

당신도 나를
멈출 수
없기를

영
원

나의 젊음이 영원하지 않을 거란 걸
비로소 깨달았고
그 순간
태어나서 처음으로
누군가와 함께
늙어가고 싶어졌다
지구의 멸망과 우리의 탄생을
지켜보고 싶어졌다
사랑처럼 태어났다가
시처럼 사라지겠지만

2

사랑하고자 해서

사랑했던 것도

아니었지만

모
순

애쓰지 않고 마음 준 사람을
애써서 잊어야 하다니

사랑하고자 해서
사랑했던 것도 아니었지만

잊으려고 사랑했던 건
더더욱 아니었는데

애써야 하는 일을
애쓰지 않고 싶었는데

다음날
아침

밤사이 비가 내렸어 집 앞 나무가 젖어 있었고 나뭇가지
마다 빗방울이 걸려 있었어 나는 사실 잘 모르겠어 나뭇
잎이 우산처럼 생긴 건지 아니면 우산이 나뭇잎처럼 생긴
건지 나는 아직 잘 모르겠어 비가 그쳐서 해가 뜬 건지 아
니면 해가 떠서 비가 그친 건지 나는 진짜 잘 모르겠어 헤
어져서 울었던 건지 아니면 너여서 울었던 건지 밤사이
비가 내렸어 베개가 젖어 있었고 속눈썹마다 빗방울이 걸
려 있었어

소
너

어른이 되니
어른거리네

너무 어려서
어려웠던 너

별

죽은 사람은 그 날 밤에 별로 뜬다고 했다 60억 인구 중에
아무도 안 죽고 나만 죽을 수 있는 날이 있다면 좋으련만
그럼 그 밤만이라도, 나는 너에게 유일할 텐데

불
장
난

스무 살 땔가? 친구들이랑 내 첫사랑 사진을 막 태우는데,
지나가던 어떤 아줌마가 불장난 하지 말라고 그랬지 그때
나는 장난 아니었는데

편식

마음만 먹으면
못할 게 없다던 너는

내 마음은 입도 안 댔네

사랑하고자 해서
사랑했던 것도
아니었지만

겨울

나의 겨울은
타인의 입에서 불어와
앙상한 고막에 얼어붙는다

거리 위를 떠도는
추워라는 말이 자꾸만
추억으로 들린다

추억 죽을 것 같다

분 리
수 거 함

그대 나를 버리시지만
누군가 날 수거할 테니
분리해서 버려주세요

나도 나를 버리고 싶지만
나는 나를 버릴 수가 없으니
친절하게 버려주세요

그대 실컷 사용하셨던
나의 눈코입귀 오장육부를
하나하나 버려주세요

사랑하고자 해서
사랑했던 것도
아니었지만

그대 조금 귀찮겠지만

좋았던 날과 더 좋았던 날을

분리해서 버려주세요

미워할 수
없을 때

미워하고 싶은 사람을 미워할 수 없을 때,
나는 내 존재의 무기력함을 느낀다

2
사랑하고자 해서
사랑했던 것도
아니었지만

약
관

셀 수 없이 수많은
회원가입을 하면서도
약관 한 번 제대로
읽어본 적 없던 것처럼

너에게 동의했었고
우리에게 가입했었다

나는 내가
다 안다고 생각했었다

그래
그랬었던 것 같다

붕
괴

내 맘에 너를
급하게 세웠더니

너는 폭삭
무너져 내렸구나

이 먼지들 다
가라앉을 때까지

난 평생을
콜록거리겠구나

사랑하고자 해서
사랑했던 것도
아니었지만

고
시
레

그대 무덤가에서
추억 한 입

입술 찢어질 만큼
베어 물고

고시레
고시레

추억은 멀리
입술은 가까이

다음
사람

사람이 사람에게
이고 지는 빚 따위는
다음 사람으로 갚아야 하네

나는 다음 사람에게
다음 사람은 나에게
누군가의 빚을 갚으려 하네

이전 사람으로
탕진했던 마음을 서로
다음 사람으로 채우려 하네

사랑하고자 해서
사랑했던 것도
아니었지만

사람이 사람에게

이고 지는 빚 따위는

다음 사람으로 갚아야 하네

심
야

내 밤 안에
모든 불이 꺼지면

너는 내 눈에
예고 없이 상영되나니

내 오늘 너를
자막 없이 감상하리라

한 편에 한 번뿐인
엔딩크레딧에서

너는 나의 사랑 1
사랑 2로 출연하리라

사랑하고자 해서
사랑했던 것도
아니었지만

충분

이 기억은 이 정도로 충분하다 할 때

나는 이별한다

먹 구 름

머릿속
너를 털어낸
먼지들이 모여
구름이 뜬다

가끔 예고 없이
비가 오는 건
계획에 없던
네 생각을 해서다

너를
털자마자
너에게
젖어버렸다

사랑하고자 해서
사랑했던 것도
아니었지만

맘

당신이 나에게
미안하다 하는 건

내가 당신에게
맘이 아니라

짐을 주었기
때문이겠죠

바
가
지

왔다 갈 사람에게
바가지 씌우듯

왔다 갈 사랑에게
바가지 씌웠네

다신 얼씬 못하게
남는 장사를 했네

많이 남겼네
많이 남겼어

사랑하고자 해서
사랑했던 것도
아니었지만

목
적

나는 너를 사랑해 였어야지
난 사랑을 너랑 해 가 아니라

뒤

축

이제 당신은 나를
작정하고 구겨신지요

어쩌면 이제 나를
편하게 생각해서지요

초반에라도 나를
아껴주어 고마웠지요

이제 나는 당신이
고마워서 죽을는지요

죽기 전에 한 번만
발목까지 올려주지요

사랑하고자 해서
사랑했던 것도
아니었지만

굳은살

이젠
불편하지도 않아

떼어내도
아프지도 않아

단지
어색할 뿐이야

마음까지
굳었을 뿐이야

방

누군가를 만나고
만나지 않게 될 때까지의 사건들을

한 바퀴 돌아보는 일로써
추억이란 이름의 방이 생긴다

방 안에 들어가면
가위도 있고 칼도 있고 송곳도 있다

납작해지고 찌그러진 사건들을
자르고 썰고 구멍 내다 둘러보면

그곳은 이미
내가 들어갔던 방이 아니었다

여

행

그냥 편하게, 여행을 갔다 왔다고 생각할래 여행 가면 꼭
하는 생각, '여기 다시 또 올 수 있을까' 그때 너를 만날 때
이미, 이런 생각을 했었으니까 다음에 혹시 누가 뭐 좋아
하냐고 물어보면 그냥 편하게 "여행 좋아해요."라고 말할
래 이제 그냥 편하게 살래

생
채
기

언제 어디서인지
내가 제일 모르겠을
손가락에 난 상처
그것처럼 사랑을 했다

한 번도 베이려고 했던 적 없이
베여 있었고
벌어진 틈이 붙고 보면은
나만 보이는 흔적으로 남았다

사랑하고자 해서
사랑했던 것도
아니었지만

미세
먼지

자세한 그대 몸에
빈틈없다면

나는 나를 미세하게
부술 수밖에

그대 눈에 초토화
되는 수밖에

기어이 그대 몰래
묻을 수밖에

바 람
소 리

바람이 세게 불면
나무의 잎이 흔들려
비가 오지 않아도
비 오는 소리가 난다

바람이 세게 불면
나의 마음이 흔들려
너는 오지 않아도
너 오는 소리가 난다

사랑하고자 해서
사랑했던 것도
아니었지만

밤
바
다

모래 위에
그대 이름

지우는
파도

다시
그대 이름

한 번 더
한 번만 더

어 제
같 은 날

하루 종일
비가 내리는
어제 같은 날

창가에 앉아
네가 좋아했던
노래 들으며

창에 부딪히는
빗방울처럼
너와 부딪히고 싶었다

하루 종일
비가 내리는
어제 같은 날

사
공

눈물 나도록 사랑하나
알아주는 이 하나 없고

홀로 노를 저어 가다보면
강의 끝에 가 닿겠지

사공이 흘린 눈물은
또 하나의 강이 되어서는

끝이 길어가는 그곳에
흐르고 흘러버려서

홀로 너를 저어 가다보면
마를 날도 있겠지

사
랑
니

너처럼 생긴
사랑니

내 안에 있지만
나는 만날 수 없는

옷
걸
이

내가 살아오면서
옷걸이에 걸었던
옷가지들보다 더
운명에다 걸었던
수백 번 고백들은
그대 사라지면서
유행 지난 옷 되네

사랑하고자 해서
사랑했던 것도
아니었지만

청
소

방 청소 하고나서
방 좁은 걸 알았고

맘 청소 하고나서
맘 좁은 걸 알았네

대청소한답시고
좁은 나를 알았네

안 녕

너는
처음으로 마지막처럼
안녕을 하고

나는
마지막으로 처음처럼
안녕을 하고

이

어

폰

한쪽 귀에 꽂던 이어폰을
두 쪽 귀에 다 꽂으며 비로소
둘에서 하나가 된 나를 알았다

회
고

사진 한 장
없는 추억은
더 강하다

마음속으로 몇천 번을
찢고 태웠어도
몇만 번이고 추억한다

그
린

오래전에 봐서
내용은 잘 기억이 안 나지만
좋아하는 영화라고 꼭 말하는
그런 영화가 있다

오래전에 읽어서
내용은 잘 기억이 안 나지만
좋아하는 책이라고 꼭 말하는
그런 책이 있다

오래전에 만나서
내용은 잘 기억이 안 나지만
좋아하는 사람이라고 꼭 말하는
그런 사람이 있다

사랑하고자 해서
사랑했던 것도
아니었지만

침
묵

말 못 하는
나무 한 그루 있었다

움직이지 않는
나무 한 그루 있었다

그늘을 드리워 줄 테니
가만히 기대보라는 듯

바람에 잎을 맡긴
나무 한 그루 있었다

꿈
꽃

꿈속에서 나는
그대의 꽃
가루가 되어

여기저기 한참을
날아다녔다

날다가 결국
도착한 곳 그대 꿈

그곳에서 나는
흩어진 나를 겨우 모아
글씨를 썼다

사랑하고자 해서
사랑했던 것도
아니었지만

잘 자라

잘 자라

하 루 살 이
에 게

미안하지만 나는
당신이 부럽다

날아다니는 당신이
나는 부럽다

아니다
내일이면 눈 감을
당신이 부럽다

길어야 며칠
그 며칠 뒤엔 잊힐
나는 당신이 부럽다

용감한
사랑

당신은 참 용감해서
옛사랑을 미워할 줄도 아는 군요

나도 언젠가는 당신을
미워할 수 있으면 좋겠어요

나중에는 옛사랑이 되더라도
사는 동안 한 시절
서로 사랑하면 좋겠어요

언젠가는 당신이 날
미워하기라도 하면 좋겠어요

흉
터

나의 고백이 당신을 힘들게 하나요 그래도 난 절대로 당
신의 흉터를 지워줄 수 없는데 그러니 그 흉터를 내게 말
하지 마요 차라리 내게 보여주어요 내가 볼게요 당신은
흉터 대신 나를 보았으면 해요 사라지지 않을 스크래치를
보는 것보다는 사라질 수도 있는 나를 보는 게 덜 아플지
몰라요 내 고백은 흉기가 아니니 당신도 내 흉터가 되지
말아요

고

민

이별은 시작부터 고민이다

뒷모습을 볼 것인가

뒷모습을 보일 것인가

경
고

내 짧은 시와
내 짧은 사랑을
연관 짓지 말아라

나의 시간은
당신들의 시간보다
더 잘게 썰릴 뿐

그 이상도
그 이하도 아니다

나와 사랑하기 싫으면
하지 마라

배웅도 마중도 없을

나를 사랑하지 말아라

온혈하지도

냉혈하지도

새
치

한 가닥
뿌리째 뽑았더니

두 가닥
자라난 그대여

고개 숙여
가끔 확인하리다

살면서 더
많아질 그대여

누

내 삶에 누가 되지 않게
나 말고 누가 되지 않게

온혈하지도
냉혈하지도

ㅣ

一

참을 수 있을 정도로만 비가 내렸다 비에 흔들리는 누군
가를 잡아주고 싶었고 또 다른 누군가가 잠시 나를 안아
주기를 원하기만을 바랐다 그렇게 나는 보통 날과 다른
감정을 느꼈지만, 그동안과는 다르게 나를 참을 수 있게
되었다 어쩌면 '어른'이란 '어린이'가 어떤 세상과 어떤 현
실에 엎드린 모양일지도 모르겠다 'ㅣ'에서 'ㅡ'로 글자가
쓰러진 것처럼 말이다

모
기

산다는 건 뭘까
궁금했다

마침 조금 더
살아보겠다고

내 몸에 냅다
지 몸을 꽂은

모기에게 물었다
남의 피 빨아먹고 살면 좋니

모기가 물었다
너는 안 그런 줄 알지

산다는 건 좋은 걸까

궁금했다

빈털
터리

이따금씩 가진 걸 다 버려두고 떠나고 싶을 때가 있다
하지만 둘러보니 가진 것이라곤 방금 내쉰 한숨뿐이다
바람 불면 이것마저 내 것이 아니란다

은현하지도
냉혈하지도

서 울 이
뭐 길 래

고3 초여름 나는 땀을 뻘뻘 흘리며 라면을 먹고 있었다 아
빠한테 돈 많이 벌어오라고 했다 아빠는 왜라고 하셨다
나는 서울에 있는 대학에 가겠다고 했다 아빠는 아들을
서울로 보내줄 재간이 없다고 하셨다 집안 형편을 알고
있지만 주저 없는 아빠의 대답에 실망했다 나는 그렇다면
내 재간으로 가겠다고 했다 아빠가 미안해하시는 게 보였
다 눈에서도 땀이 나서 세수하러 갔다 젠장, 그깟 서울이
뭐길래

가
위

그래도 너는
꿈을 이뤄봤잖아

사람들 나를 부러워하고
쉽게 위로도 하지
꿈 다음 바로
현실인 줄 모르고

절취선 따라
잘 오려 왔지
꿈을 오릴 때
삐끗할 줄 모르고

온혈하지도
냉혈하지도

그때부터가
현실일 줄 모르고

그래, 나 꿈만 꿀 때는
가위눌린 적 없지

거울

거울이 싫다
또 다른 내가 생기는 게
불쾌하다

차마 거울을
깨지 못한 건

깨진 조각만큼
내가 더 많아질 것이
못 할 짓이었다

나는 나 하나로도
많고 해롭다

나
이

당신들의 살점을 뜯어
나는 또 한 살
나이를 먹었습니다

내가 먹은 건 여태
당신들이 계산했는데

당신들이 드신 건
누가 계산합니까

아들은 아직
형편이 없습니다

레
　시
　　피

휴대전화를 없애고
집 전화를 들일 것

가끔 고기를 먹는 날
섬세하게 구워 먹기보다
차분하게 삶아 먹을 것

아침에 일어나 동네 한 바퀴를 돌다가
앉고 싶은 곳에 앉아서
챙겨온 물을 마실 것

하루에 약속은
많으면 하나를 잡을 것
그 약속에 집중할 것

일주일에 한 번
2인분 도시락을 싸서
불쑥 친구를 찾아갈 것

한 달에 한 번
가족들에게 편지를 쓸 것

궁금한 감독의
영화와 책과 인터뷰를 몰아볼 것
그의 세계관을 의심할 것

집에 있는 좋아하는 책을
도서관에 숨겨둘 것
책에 쪽지를 적어둘 것

500원짜리를
겨울옷에 넣어둘 것

취했을 때 노래할 것
노래할 때 춤출 것
춤출 때 취할 것

내 하루의 위대함과
내 존재의 고귀함을
인정할 것
책임질 것

이상으로부터 자유로울 것
자유에 구속받지 말 것

이것을 읽는 이는
본인만의 레시피를 작성할 것

한 번 죽고 한 번 사는 인생을
마음껏 지낼 것

노약자 석

다른 자리도 있었지만
노약자석에 앉았다

왠지 오늘의 나는
앉아도 될 것 같아서

참
노약한 하루

버스 손잡이가
쇠고랑 같다

복
사
기

실내지만
칼바람이 불던 날

복사를 하다가
복사기를 끌어안았다

회사에서 가장
따뜻한 녀석이었다

모두가 나를 불렀지만
아무도 나를 찾지 않았다

빛

책 읽을 때 가장 좋은 빛은
숲속의 햇빛이다

그 햇살을 받던 나무가
책이 되었기 때문이다

사랑할 때 가장 좋은 빛은
당신의 눈빛이다

그 눈빛을 받던 내가
사랑이 되었기 때문이다

서
울
역

부랑자들은 아스팔트에 널브러져 있고 그 옆에 마이크를
연결한 할아버지는 예수님을 믿으라 하네 사람들은 마스
크를 끼고 눈을 뜬 채 눈을 감고 지나가고 여기는 여백이
많은 지옥 같다

끄적

쓰기 위해 산 적은 없다

단기 살기 위해 조금 끄적일 뿐

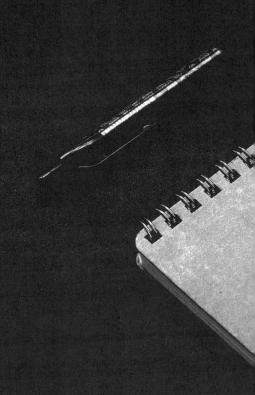

서
울

집 많은데
내 집 없고

울 일 많은데
울 곳 없어가

다들 전봇대에
기대 서 있네

서서 울어서
서울인갑다

오

해

글 쓰는 일이 글 쓰는 일인 줄 알았었지

가

족

모방과 창조는 지네끼리 가족이지

내 가족은 아니다

의

지

지긋지긋함이 의지를 만든다

기
회

이따위 삶이라도

살아낼 배포가 있는 자에게 주어지는 것

그것을 기회라고 부른다

소
망

내가 시를 쓰지 않게 될 날을 소망한다
내 생활에 당장 곤경이 없는 상태

말장난 같은
사람들이 좋아하는 그런 것만 쓸 수 있기를
내가 좋아하는 나의 시는 쓰지 않아도 되니
내가 행복하기만을 바란다

시는 또 누군가가 쓰겠지만
행복은 또 누군가 하겠지만

부

탁

타인을 부정하는 방식으로
자신을 긍정하지 말아주길

무

려

십할이면 무려 1이다
욕을 하면 안되던 일이 된다

구
별

똑똑하고 생각 있는 사람은 많다
에너지 있는 사람과는 별개다
수고하자

약
속

소중한 약속을 했던
중요한 사람이 있다

안
간
힘

우리 다 같이
안간힘을 써보자

타협의 길을 안간힘
책에 적힌 길을 안간힘
어른들이 말해준 길을 안간힘

그런 길들을 안 간 김에
안간힘을 써서
살아내 보자

숙
제

사람 가득한 지하철에서
오늘은 집에 가서 꼭 목을 매야지
생각하니
유리창에 비친 내 얼굴에
사랑했던 그리고 미워했던
몇 사람의 얼굴이 겹치고
눈가에 차오른 눈물로
오늘 중 가장 뜨거운 내가 되고
겨울도 별로 춥지가 않고
겨울보다 사람이 춥고 마지막으로
고깃집 된장찌개를 먹어야지
간 김에 고기도 먹어야지
고기랍시고 고기 같지도 않은
나의 슬픔 같은 차돌박이를 시켜야지

1인분이 안 된다 하면

2인분치 슬퍼야지

외로움의
정리

"추위에 맞춰 껴입은 걸 보니 자네도 수학을 좀 하는 인간이군. 그럼 이 문제도 풀 수 있겠구먼. 외로움에 기억을 더하면, 괴로움이 된다는 것 말일세. 겨울이란 문제는 보통 그런 식이야. 혹시 자네 이 공식의 이름도 알고 있나? 죽은 사람 이름이었던 것 같은데. 자네한테는 살아있을 수도 있어서, 그냥 한 번 물어본 걸세. 그나저나 이번 괴로움은 참 공식적이구먼."

외
투

가난하여 입을 것 없는 우리는
그래서 상처를 입나

걸칠 것 없어
소주 한 잔 걸치고

관
리

사람들이 듣고 싶은 말을 해서 돈을 벌고
가끔 내가 하고 싶은 말을 해서 건강을 챙긴다

조
언

너의 꿈보다는
꿈을 꿀 줄 아는 네가 중요해

그래서 반드시
꿈보다 너를 더 좋아해주는 사람을 만나렴

요즘 같은 세상엔
이런 바람조차 꿈일 수 있겠지만
너는 세상도 요즘도 아닌

너를 이루렴

대
안

내 고운 입으로 남 욕을 할 바에
그냥 내가 내 얘기를 하는 게 낫지 않나요

은혈하지도
냉혈하지도

연 약

우리는 순가락을 씹고 나서야

본인의 연약함을 확인한다

진
로

그저 남의 이야기만 하는 사람이 있고
그 순간에도 이야기가 되어가는 사람이 있다

용
서

타인의 거짓은 나중에라도 용서가 될 것이다
하지만 나 자신에게 솔직하지 못함은
두고두고 용서되지 못할 것이다

혀

제일 맛있고 제일 해로운
사람의 혀

은혈하지도
냉혈하지도

청
원

미처 마르기도 전에 떨어진 낙엽을
가여워해줘

그다음은
날 위해 기도해줘

카 이
스 트

나 카이스트에서 시를 쓰네

세상의 주기율을 어기며 살았다

내게는 공식도 답도 없는 살이에

몇 개의 형광등만 우러러보며

전력을 다해 살기도 전에

전율을 느끼고자 했다

국가의 미래들이 공부하는 곳

과학은 세상을 발전시키네

나는 과학을 무너뜨리네

실린더에 가득 찬 혈액을

이리저리 움직여보네

데우면 기체가 되고 얼리면 얼음이 될 뿐

나의 피는 몸이 가두고 있는 것일 뿐

온혈하지도 냉혈하지도

퇴근길
블루스

퇴근길
아스팔트
충혈된 자동차들

누군가의 한숨이
다른 누군가에게는
매연이 되고

오늘따라
가는 길이
시뻘겋게 막히네

살아
가는 길이

소

멸

나는 어떤 계절에 사라질까

어떤 날씨로 기억될까

온혈하지도
냉혈하지도

애

도

나를 위해 나를 포기했다는
당신의 배려에 애도를 표함

축
시

대단해
취업이란 괴물을
해치워 버리다니

축하해
너도 이제 사회의
일원이 되었구나

이제는
사랑도 일도 밥도
해치우게 될 거야

연습해
잠든 척 꿈꾸는 척
살아가게 될 거야

온혈하지도
냉혈하지도

공부해
욕먹고 뱉는 법을
배워야만 할 거야

준비해
너는 너의 꿈들도
해치우게 될 거야

괜찮아
딱히 너만 그런 건
그런 건 아닐 거야

연애해
가끔은 애인으로
잊을 수 있을 거야

결혼해
처자식이 생기면
거뜬히 버틸 거야

차를 사
열심히 따라가는
너를 보여줄 거야

언제나
어른 말은 하나도
틀린 게 없을 거야

온혈하지도
냉혈하지도

너 또한
틀린 말 하지 않는
어른으로 클 거야

괜찮아
다들 별수 없는 건
마찬가지일 거야

한 번뿐인 인생이니까
이렇게도 한 번뿐일 거야

사랑하다가
죽어야겠다

나는 무슨 일이 있어도
사랑하다가 죽어야겠다

그렇게 죽지 않으면
이 타인들의 세상은 내가
취업이 안 되어 죽은 줄 알거나
남모를 빚에 쫓겨 죽은 줄 알거나
주위의 무관심으로 죽은 줄 알거나
주변의 자살이 번져 죽은 줄 알거나
이래저래 살기 싫어 죽은 줄 알 테다

그러니까 나는
무슨 일이 있더라도
사랑하다가 죽어야겠다

그 모든 무슨 일에 해당하더라도
나 한사코 '사랑하다가 죽는다'고
딱 한 줄 더 남기고 죽어야겠다

어쩌면 그 한 줄 남기라고
세상에 시인을 만든 것이다

나는 이제 알겠다
마음껏 살기 싫은 사람보다
마음껏 살고 싶은 사람이 더
죽음과 가깝다는 사실을

또한 나는 밝히고 가겠다
내가 사랑하다가 죽는다는 사실을

내 빠아진 곳에 누가 와서
죽은 내 시 한 편 놓거나
내 죽은 시 한 편 놓고 살라고

나는 무슨 일이 있어도
사랑하다가 죽어야겠다

동
반

타인의 기대를 허무는 것은

묘한 쾌감을 동반한다

사
람

사람이 보고 싶다
사람들 말고

온혈하지도
냉혈하지도

소
용

과거의 열정은 아무 소용이 없다
그것이 나를 이 지경까지 몰았음에도

우리는

꼭 한 번

사랑을 합니다

장
애

누구나 각자의 장애가 있지 않나
누구는 사랑을 못하고
또 누구는 이별을 못하고

안

경

안경 낄 힘도 없이 버거운 날은
너를 한 번만 봤으면 했다

견
인

사실 앞으로도 그때를 기억하며 살 것 같다
추억은 누군가의 인생을 끌고 간다

글
로

물어봐도 됩니까
당신을, 글로 써도 되는지

내가, 글로 가도 되는지
감히, 감히요

전

제

좋은 꿈의 전제는 좋은 하루

상
상

내 상상 속에서
계속 영감을 주는 그대

그대 허락 없이
자꾸 생각해 미안해요

곧이라면 곧이고
한참이라면 한참을 지나서

우리는 꼭 한 번
사랑을 합니다

카
페

햇살의 정면에
앉은 건 나였지만
네가 더 눈부셨다

너를 마주한 채
나는 자꾸 뜨거워
얼음만 깨먹었다

질
문

사랑을 싫어할 수 있지만
사랑이 싫지 않은 것과 비슷하게

당신을 좋아하고 싶지 않은데
당신이 좋아지고 있어요

내 마음은 내 몸 안에 있는데
왜 남의 것만 같을까요

당신은
좋아지는 사람을
싫어할 수 있나요

외
면

당신을 외면했던 이유는
당신의 내면이 궁금해서 였어요

유

혹

새로운 사람은
믿기 힘든 사실 위에
믿고 싶은 거짓말로 온다

예
감

예감이 좋지 않지만

나는 예감을 믿지 않는다

맥

주

/

명심하자
별것 아니다 이 두근거림
맥주 한 캔에도 뛰는 심장이다

보육

사랑이 날 키우는 줄 모르고

사랑보다 내가 큰 줄로 알고

거
울

거울이 말했다
친구야, 한 번 펑펑 울고 다시 시작하자!

열

연

그래도와 어차피

양 극단에서 열연할 뿐

팩

그대
내 위에
그냥 축
처지세요

잠깐
눈 좀 붙인다
생각하고
잠깐
몸 좀 붙이세요

그대 여태껏
포장된 삶에 고달팠단 걸
알고 있어요

그냥 힘 빼고
누우세요
15분
에서 20분
일단 그 정도 잡고
시작할게요

그때도 그대
안 핼쑥하면
내게 그대가
부족하거나
그대가 약간
긴장한 거겠죠

어쨌든 일단
좀 누워봐요
아까부터 나
누워 있잖아요

내가 정성껏
흡수할게요
그럼 이제 나
입 다물어요

볼
펜

네 이름을 무심코
빨간색으로 썼다가

그 위에다 재빨리
까만색으로 덧쓰는데

그때 알았지
내가 너를 아낀다는 걸

해
프
닝

당신은 당신을 너무 잘 이용해요
당신에게 나는 한낱, 해프닝이죠

개
연

사람마다 그럴 수도 있는 범위는
다른 법일 수도 있다

멜
빵

너는 내 멜빵이
귀엽다고 했다

날아갈 뻔 했지만
멜빵이 나를 잡아주었다

너는 내 멜빵이
탐난다고 했다

멜빵을 줄 테니까
대신 날 잡아줬으면 했다

호
소

비를 좋아한다고
우산 필요 없던가요

이별 싫어한다고
사랑 필요 없던가요

우산 대신에 나를
써보는 건 어떤가요

사랑 대신에 나는
그대에게 어떤가요

현
재

현실주의자보다 현재주의자가 좋다

우리는 꼭 한번
사랑을 합니다

풍
운

바람과 구름을 좋아한다
그뿐이다
풍운의 꿈은 없다

불 우
이 웃

그댈 이웃하지 않고는
불우할 수밖에 없으니

돈이나 맘이 좀 그러면
눈길로라도 도와주오

속
편

너의 일부가 된 김에
2부나 3부도 되고 싶다

내 처지가 그나마
속 편해지게

봄
나
물

봄나물은 봄에
가장 싱그럽듯이
사람과 사람도
제때 만나야지

서로 애태운 만큼
싱그러워지는
봄과 봄나물처럼
나도 사람을
애태워야지

혀에 닿자마자
온몸에 싱그러울
사람을 애태워야지

코
털

별안간 못 말리게
삐져나온 코털을
너야 알 일 없지만
나야 계속 깎았지

그래도 너한테 난
코털만큼도 없지
너 볼까봐 깎았는데
너 보라고 깎지 말 걸

깎지 않고 놔뒀으면
뭔가 싶어 봤을 텐데
그러면서 유심히
내 얼굴 봤을 텐데

가
격

당신의 애정은
나를 비싸게 하지만

때때로 나를
싸게도 하죠

아

아

내겐 너무나 값진
당신의 애정

노 력

사랑은 우리를 노력하게 합니다

심지어, 잠드는 일까지도

계절

그대는
내 하루에
사계절을 다
들여놓았소

오늘은
어느 계절부터
오시렵니까

천천히 한 바퀴
돌고 가시오

4
우리는 꼭 한번
사랑을 합니다

그
렇
게

너를 접한 이후로
가장 먼 거리에 두고
길고 긴 그리움으로
오래된 설레임으로
그 넓은 사막에 비 오듯
가장 소중한 순간에서
모든 문을 닫아도 들리도록
그렇게

침
묵

나의 침묵을 이해하는 사람만이
나의 말도 이해할 수 있으리

한
계

사랑한다는 식의 언어들은
늘 그 언어만큼의 한계를 가지는데
죽고 싶다는 식의 언어는 그 순간
그 언어 이상의 오로라를 가진다

제

로

사랑은 플러스도 마이너스도 아닌 제로다
그리고 0에는 무엇을 곱해도 0이듯
사랑은 타인과의 비교 대상이 아니다

구
름

보낼 물음들 묶어
달아 보내고 싶소만

내 있는 이곳엔
구름 한 점 없구려

그래서 내가
구름이 될까 하오

시일이 좀 걸릴 텐데
기다려 줄 수 있겠소

술
자
리

술을 잘 못 하는 그대도
술자리 분위기는 좋아하듯이

그대 나를 잘 못 하여도
나의 분위기는 좋아해주길

내 품 안에 자리를 잡고
웃고 떠들어주길

다른 사람 다 나가도록
실컷 떠들어주길

냄
새

멀지 않은 언젠가
온전한 존재로 향을 피운
내 헐벗은 영혼의 냄새와
그대 날 것의 냄새가 섞인
우리의 냄새를 맡고 싶다
바람에 몸을 던진 나무처럼
온 세상을 맡고 싶다
멀지 않은 언젠가
멀리 있는 그대와

밤 의
파 트 너

나는 같이 술 마실 사람보다
같이 책 읽을 사람이 필요하다

아무 말 없이 가만히
각자의 책을 읽다가

힐끔
물 한 잔을 떠와서
나눠 마실 수 있는 사람이 필요하다

너는 너의 문장을 만나고
나는 나의 문장을 만나고

섞여 잠들어버릴 사람이
필요하다

다른 것은 아무것도
바라지 않는다

미
완
성

나의 사랑은 아직 미완성이다
아마 향후에도 그럴 것이다

사랑한다
더 사랑한다

헌
신

누군가를 위해 살아갈 때
인간도 아름다울 수 있다

우리는 꼭 한번 사랑을 합니다